JN097086

爪句

＠天空の花と鳥

　爪句集のシリーズの出版を続けてきて、いつ頃からだろうか、50集まで出版しようと思うようになった。その目標を他にも公言してきている。本爪句集は47集目になり、50集目の出版が指呼の間に入ってきている。多分著者が今年（2021年）80歳になり、その歳のうちに実現できるのではないかと予想している。この状態になると早く目標が達成できないかと、爪句集の製作を急ぐようになっているところがある。その作業を急ぐあまり、雑な仕事になっているのかもしれないと危惧している。

　爪句は「画像処理法サムネイル（thumbnail：親指の爪）に付けたファイル名の句」に由来し、写真のキャプションから出発している。写真を検索するためのファイル名を単なる通し番号や日付から、少し手の込んだ俳句形式にしておく。こうすると写真集の出版を考えた時、写真に関する説明を膨らませる事ができそうだ。さらに爪句を文

芸の域にまで高める事も可能かもしれない、と思いながら50集目が視界に入ってくる。すると、作品を乱作気味に創り出す作業に入ってしまう。

　本爪句集のテーマでは、空撮パノラマ写真と花や野鳥の写真の組み合わせる妙を追い求めている。この点も爪句作りの焦点をボケさせる結果につながっているかもしれない。空撮パノラマ写真は写真家としての感性が要求されるものではない。ドローンを飛ばし、ドローンが収集する写真データを処理しているだけで、もし写真家の立場を強調するとすれば、写真データ収集に関連して、景観の場所と時の選択に留意するぐらいだろう。その空撮パノラマ写真の天空部分に貼り付ける花や野鳥の写真であってみれば、1枚の大写しの写真で読者の共感を得る、といった芸当を披露する事は難しい。

　一方、空撮パノラマ写真の処理と別撮りの花や野鳥の写真の合成処理にはかなりの時間が割かれる。その処理を終えて爪句と説明文を書く段階になると、仕事を早く終えたいという心理的状況も加わり、写真の説明になっていればそれでよし、

の方針に軸足を移す。従って、本爪句集のように200枚もの多数の作品を揃えなければならぬ状況に立ち至っては、単なる写真のキャプションから抜け出したような爪句を創る意欲が薄れる。

　本爪句集のテーマを思い付かせた宗谷岬の日の出時の空撮パノラマ写真と、日の出を待つ間に撮影した海中の岩場に止まっているサギの写真を組み合わせた作品を示しておく。爪句は「日の出待つ　宗谷岬の　岩場サギ」にしている。写真の説明を５７５で行えばこのようなものになるだろう。爪句を写真のキャプションと割り切ればこれでよい。しかし、爪句に写真家としての印象を文字として表現しようとすればこれは物足りない。それは重々承知の上で、本爪句集はこの例に挙げたような作品を並べる事になった。

　爪句集の出版を続けてきて、新しい作品制作の展開につながる事を期待しながら、爪句発想の原点に回帰しているのは著者としては不満である。しかしながら、50集出版を目の前にして、この爪句集シリーズ出版をここまで続けてこれた事には満足している。

(2017・08・28 撮影)

日の出待つ 宗谷岬の 岩場サギ

　ドローンを利用して撮影した全球パノラマ写真では、カメラが機体に邪魔され天空部分が写せず黒くなる。黒く抜けた部分に空撮を行った場所で撮った野鳥を貼り付ける写真法を開発中で、過去に撮影した写真を創り直し、新しい作品としている。

爪句@天空の花と鳥　目次

1月

2月

2021 年 2 月 1 日	2021 年 2 月 8 日	2021 年 2 月 19 日
2021 年 2 月 1 日	2021 年 2 月 9 日	2021 年 2 月 20 日
2021 年 2 月 2 日	2019 年 2 月 11 日	2021 年 2 月 21 日
2021 年 2 月 3 日	2021 年 2 月 11 日	2021 年 2 月 23 日
2021 年 2 月 4 日	2020 年 2 月 13 日	2021 年 2 月 24 日
2021 年 2 月 6 日	2021 年 2 月 14 日	2021 年 2 月 27 日
2021 年 2 月 7 日	2021 年 2 月 15 日	
2020 年 2 月 8 日	2021 年 2 月 18 日	

3月

2020 年 3 月 7 日	2020 年 3 月 17 日	2020 年 3 月 29 日
2020 年 3 月 10 日	2020 年 3 月 21 日	2020 年 3 月 31 日
2020 年 3 月 15 日	2020 年 3 月 24 日	
2020 年 3 月 16 日	2020 年 3 月 28 日	

4月

2020 年 4 月 10 日	2020 年 4 月 15 日	2020 年 4 月 25 日
2020 年 4 月 11 日	2020 年 4 月 15 日	2020 年 4 月 25 日
2020 年 4 月 12 日	2020 年 4 月 16 日	2020 年 4 月 25 日
2020 年 4 月 12 日	2020 年 4 月 17 日	2020 年 4 月 27 日
2020 年 4 月 13 日	2020 年 4 月 18 日	2020 年 4 月 27 日
2020 年 4 月 14 日	2020 年 4 月 20 日	2020 年 4 月 28 日

5月

2020 年 5 月 2 日	2020 年 5 月 5 日	2020 年 5 月 9 日
2019 年 5 月 3 日	2020 年 5 月 7 日	2020 年 5 月 31 日

6月

2020 年 6 月 1 日	2020 年 6 月 10 日	2020 年 6 月 21 日
2020 年 6 月 2 日	2020 年 6 月 10 日	2020 年 6 月 21 日
2020 年 6 月 3 日	2020 年 6 月 11 日	2020 年 6 月 22 日
2020 年 6 月 5 日	2020 年 6 月 14 日	2020 年 6 月 23 日
2020 年 6 月 5 日	2020 年 6 月 15 日	2020 年 6 月 25 日
2020 年 6 月 8 日	2020 年 6 月 15 日	2020 年 6 月 26 日
2020 年 6 月 8 日	2020 年 6 月 16 日	2020 年 6 月 27 日
2020 年 6 月 9 日	2020 年 6 月 20 日	2020 年 6 月 28 日

7月

2020 年 7 月 1 日	2020 年 7 月 9 日	2020 年 7 月 19 日
2020 年 7 月 3 日	2020 年 7 月 10 日	2020 年 7 月 20 日
2020 年 7 月 4 日	2020 年 7 月 15 日	2020 年 7 月 21 日
2020 年 7 月 4 日	2020 年 7 月 16 日	2020 年 7 月 24 日
2020 年 7 月 5 日	2020 年 7 月 17 日	2020 年 7 月 26 日
2020 年 7 月 5 日	2020 年 7 月 18 日	2020 年 7 月 31 日
2020 年 7 月 6 日	2020 年 7 月 18 日	

8月

2020 年 8 月 1 日	2020 年 8 月 19 日	2020 年 8 月 24 日
2020 年 8 月 9 日	2020 年 8 月 20 日	2020 年 8 月 27 日
2020 年 8 月 14 日	2020 年 8 月 21 日	2020 年 8 月 28 日
2020 年 8 月 16 日	2020 年 8 月 22 日	
2020 年 8 月 17 日	2020 年 8 月 23 日	

9月

2019 年 9 月 1 日	2020 年 9 月 12 日	2020 年 9 月 21 日
2020 年 9 月 1 日	2019 年 9 月 13 日	2020 年 9 月 25 日
2020 年 9 月 2 日	2020 年 9 月 17 日	2020 年 9 月 28 日
2020 年 9 月 6 日	2020 年 9 月 19 日	

10月

2020 年 10 月 4 日	2020 年 10 月 17 日	2020 年 10 月 29 日
2020 年 10 月 8 日	2020 年 10 月 20 日	2020 年 10 月 30 日
2020 年 10 月 9 日	2020 年 10 月 24 日	2020 年 10 月 30 日
2020 年 10 月 9 日	2020 年 10 月 25 日	2020 年 10 月 31 日
2020 年 10 月 13 日	2020 年 10 月 27 日	
2020 年 10 月 14 日	2020 年 10 月 28 日	

11月

2020 年 11 月 1 日	2020 年 11 月 12 日	2020 年 11 月 19 日
2020 年 11 月 2 日	2020 年 11 月 13 日	2020 年 11 月 22 日
2020 年 11 月 3 日	2020 年 11 月 15 日	2019 年 11 月 23 日
2020 年 11 月 4 日	2020 年 11 月 16 日	2020 年 11 月 23 日
2020 年 11 月 6 日	2020 年 11 月 17 日	2020 年 11 月 26 日
2020 年 11 月 8 日	2020 年 11 月 18 日	2020 年 11 月 29 日
2020 年 11 月 9 日	2019 年 11 月 19 日	

12月

2020 年 12 月 1 日	2020 年 12 月 14 日	2020 年 12 月 28 日
2020 年 12 月 5 日	2020 年 12 月 16 日	2020 年 12 月 29 日
2020 年 12 月 6 日	2020 年 12 月 21 日	2020 年 12 月 30 日
2020 年 12 月 10 日	2020 年 12 月 23 日	2020 年 12 月 31 日
2020 年 12 月 12 日	2020 年 12 月 24 日	
2020 年 12 月 13 日	2020 年 12 月 25 日	

2021・3・6撮影

カワラヒワ　飛び姿撮り　一日を終える

　庭に来る野鳥の飛ぶ姿を撮影するのが面白い。特にカワラヒワが被写体になって写真に収まってくれる。今日は朝から雪降りだったけれど午後の後半に晴れ間が出たので庭で空撮を行う。空撮写真に羽を広げて飛ぶ野鳥の写真を貼り込んでみる。

2021 年 1 月 4 日

ナナカマド　ツグミ啄み　初鳥果
　　　　　　　　　（ついば）

　庭で日の出を空撮。最近自宅付近の電波環境の変化か、ドローンの劣化なのか、高度を高くするとしばしば通信が途絶える。パノラマ写真なので同じ高度で十分な枚数の写真を撮る必要があり困る。郵便局に行く途中でツグミを撮り初鳥果となる。

手に止まる　野鳥を撮りて　日の出空

　庭で日の出の瞬間を空撮。陽が昇ってから近く
の坂のある道を歩く。道の脇に餌台があり野鳥が
集まる。人に慣れたヒガラが手袋の上に餌を乗せ
た掌に止まり面白い。自宅庭にも餌箱を設置してあ
り、シジュウカラやヤマガラが来て餌を啄んでいる。

2021 年 1 月 6 日

寒き朝　持たぬ電池や　シジュウカラ

　　高齢で身体にガタがくるのと同様に、使っている
電子器具にもガタがくる。ドローンを飛ばすのに
使っているタブレットの電池が劣化してきて、寒い
戸外での飛行時に急速に電池が消耗する。だまし
だまし飛ばし、空撮写真にシジュウカラを貼る。

朝焼けの　空に野鳥が　混みており

　庭でドローンを上げて日の出前の朝焼けを空撮する。今冬は少雪である。庭に野鳥がやって来る。シジュウカラ、ゴジュウカラ、ヒヨドリ、シメを撮る。散歩道ではアカゲラに出遭う。空撮パノラマ写真の天空部分に貼り付けると野鳥で天空が混み合う。

2021 年 1 月 7 日

鳥果得て　空から撮るや　雪景色

　　正月も今日は七草。元日この方野鳥の姿をほとん
ど見ていない。家人の話では気温が低いせいか野
鳥が見られないとラジオで話題になっているとの
事。期待しないで外を見るとアカゲラ、シジュウカ
ラ、ヒヨドリと目につく。空撮を行い鳥影を貼る。

今日の野鳥　ようやく見つけ　シジュウカラ

　朝早くの方が野鳥に遭えるかと日の出少し前に裏山の林道に行ってみる。野鳥の姿は無くドローンを上げて陽が出かかっているところを空撮する。空撮写真に貼り付ける野鳥の事は気になっていて、ガラス戸越しに庭に飛来したシジュウカラを撮る。

2021年1月10日

天空に　貼る野鳥撮り　日曜日

　　いつものように朝食後、朝の太陽が三角山の裾
野から丁度顔を出す頃を見計らって空撮を行う。
今日は1日晴れを約束する日の出である。空撮後
近くの雑木林で野鳥を撮る。ヤマガラ、シジュウカ
ラ、ハシブトガラが飛び交っていて、何枚も撮る。

羽見えず　マヒワ同定　迷いたり

　日の出時に庭でドローンを上げて太陽が見え出す直前の 70m の高度でパノラマ写真のデータを収集する。その後朝食を摂り、近くのカラマツの木が並んでいるところで野鳥撮影。胸から頭にかけて黄色で黒縞の野鳥はマヒワだろう。ヒガラも撮る。

2021 年 1 月 12 日

無人機や　見上げ操縦　腰痛し

　　いつもは日の出時刻に庭で空撮してから散歩道で野鳥撮影を行う。今日は曇り空で日の出が見られないので、先に散歩道で野鳥を撮る。野鳥はシジュウカラ、ハシブトガラ、ツグミなどを見かける。帰宅してから庭で空撮を行う。ぎっくり腰が痛い。

吹雪く日に　アカゲラ来たり　主役なり

　雪の止むのを見計らって空撮を行う。朝の陽が大気中の雪や雪雲に負けて輪郭がはっきり写らない。野鳥が期待できないところ、庭にアカゲラが来たので何枚か撮り、空撮の天空部分に貼り付ける。シジュウカラやスズメも撮ってアカゲラと並べる。

2021 年 1 月 15 日

ぎっくり腰　庭に来る野鳥（とり）　居間で撮り

　朝のうちに空撮を行っておく。ぎっくり腰が治らないので探鳥散歩は控え、天空に貼り付ける野鳥は庭にやって来るものを撮影する。久しぶりにシメが顔を出す。ヒヨドリ、ツグミも姿を現す。シジュウカラが餌台や庭木のところで餌を探している。

雪の朝　ツグミと月を　並べたり

　雪の降った朝の日の出を空撮する。西の空に月も写っている。高度 70m の上空からの撮影だとドローンを操作している自分の姿が辛うじて確認できる。その後空撮写真に写った庭の楓の木に止まったツグミを撮影し、空撮パノラマ写真に貼り付ける。

アカゲラや　ぎっくり腰無く　羽繕い

　庭でドローンを上げると風が強く、強風注意の警告がタブレット画面に表示される中で空撮。空撮後ガラス戸越しに見ているとアカゲラが飛んで来て枯れ木に止まり、羽繕いを行う。体が良く曲がる。アカゲラはぎっくり腰になる事はないのだろう。

クマゲラや　雄を誇示する　赤帽子

　　サクランボの果樹園に続く散歩道で空撮を行う。
果樹園を囲む林でクマゲラを時々見かける。クマ
ゲラの棲家のようである。木の幹をその大きな嘴で
突いている場面に遭遇して何枚か撮り、空撮写真
に貼り付ける。頭部の赤毛が嘴に達し雄である。

2021 年 1 月 17 日

ハチジュウカラ　この野鳥（とり）居れば　自分なり

　　今朝も日の出を見ることができなかったけれど庭に出て空撮。天空の野鳥のテーマの写真撮影のため自宅近くで野鳥を探す。木に取り付けられた餌台でゴジュウカラとヤマガラを撮る。ハチジュウカラの名前の野鳥が居れば今の自分を言い得ている。

一瞬の 日の出空撮 今日の野鳥（とり）

　雪空で日の出の太陽が姿を現したのはほんの一瞬。朝食を中断してこの僅かな時間に庭でドローンを飛ばして空撮を行う。空撮終了と同時に小雪が降ってくる。時間が経過すると晴れ間が現われ、庭でツグミ、ヒヨドリ、シジュウカラが飛び回る。

吹雪く日の　空撮写真　ツグミ貼る

　　雪降りと吹雪の１日。それでも雪の止む時があり
それを狙って庭でドローンを上げ吹雪の日の景観
を写す。吹雪にもかかわらず庭にツグミの群れが
やって来る。ツグミの様々な姿態を撮り１枚の空撮
写真に貼り付ける。まとめて見るのに便利である。

鳥果得て　庭で空撮　大寒日

　暦で大寒と知る。ガラス戸越しに庭を見ると野鳥が飛んでいる。ツグミが多い。ツグミの他にヤマガラやシジュウカラ、ヒヨドリの姿もある。野鳥の写真が撮れたので昼食後庭でドローンを上げ、鳥果を貼り付ける空撮写真を撮る。電波状態が悪い。

PayPay の　八金実験　シメが見る

　庭で 70m の上空にドローンを上げてパノラマ写真用のデータを収集する。電波状態は比較的良好。庭にシメが来たので撮影し、空撮写真の天空部分に貼る。PayPay の自分のアカウントの QR コードをシメと並べて貼り付け、後々の利用の準備をする。

空間を　雪塗り込めて　白世界

　　新聞の天気予報欄に晴れマークがあっても終日
雪降り。雪が小降りになったところで庭で 30m 上
空にドローンを上げて空撮。降る雪が写り、遠景は
白で塗りつぶされてしまう。雪の中でも野鳥は飛ん
でいて、別に撮影できたツグミを天空に貼り付ける。

好天や　野鳥も我も　楽しめり

　　新聞の天気予報欄は全道が晴れマークで埋め尽
くされている。日の出を空撮するけれど雲が無い
とのっぺりした空で写る。家の近くを歩くとヤマ
ガラ、シジュウカラ、ゴジュウカラ、ツグミ、ヒ
ヨドリなどが目に付く。晴れると野鳥も楽しげだ。

空撮や　天窓日の出　写したり

　　朝食後庭で日の出を空撮。最近ドローン飛行に
際して電波の状態が悪く、通信が途切れて帰還モー
ドに入る。帰還を停止して何度も空撮をやり直す。
このため空撮データを揃えてパノラマ写真に合成
するのに時間がかかる。天窓に朝日が反射し写る。

ぎっくり腰　痛み薄れて　写真撮る

　空撮するほどの日の出ではないけれど、日々の記録程度で撮っておく。野鳥はガラス戸越しに撮影。シジュウカラ、ヤマガラ、ツグミ、シメを撮り空撮パノラマ写真の天空部分に貼り付ける。ぎっくり腰を治すため、代わり映えのしない日々が続く。

寒き日は　体膨らむ　野鳥かな

　朝食が終わって日の出時刻に庭で空撮を行う。
気温はかなり低い。空撮後庭に飛来する野鳥を撮
り毎回の如く空撮写真に貼り込む。シジュウカラ、
シメ、ツグミ、ヒヨドリを撮るけれど、気温が低い
せいか皆、体の毛を膨らませているように見える。

忙しく　野鳥勢揃い　朝餉時
（とり）（あさげ）

　　新聞の天気予報欄には曇りと雪マークが並んでいるけれど日の出時刻は晴れ、昇る陽が見える。庭でドローンを上げて空撮。朝のうちに野鳥も勢揃いでやって来る。ヤマガラ、シジュウカラ、アカゲラ、シメ、ツグミを朝食中や朝食後に撮り忙しい。

如月や　ヒヨドリ撮る日　風強し
（きさらぎ）

　　今日から2月。天気が良かったので久しぶりに
裏山に行き空撮を行う。風がありドローンの飛行
中に強風注意の警告がタブレット画面に表示され
る。ヒヨドリが目に入る。庭のリンゴを啄むものも、
雑木林の枝に止まるものも当然同じ姿に見える。

2021 年 2 月 2 日

節分や　外でも福の　野鳥かな

　明日は立春でその前日の今日は節分。旧暦では春分から年が改まり、内に福、外に鬼となる。小さな子どものいなくなった我が家では豆まきもせず、庭でドローンを上げて空撮。家の外に鬼ならぬ野鳥を探しツグミとカワラヒワを撮る。

降る雪や　春分ツグミ　庭に来る

　　立春の日は雪降り。雪が小降りになったところで
庭でドローンを上げて空撮を行う。太陽がぼんやり
と写る。庭木にツグミが止まっているのでこれを撮
りパノラマ写真に貼り付ける。このツグミがベラン
ダのコンクリートの下に潜り込む。巣があるようだ。

2021 年 2 月 4 日

雪降りに　ノルマ空撮　野鳥撮り

　最近は空撮を行って得たデータにその日に撮影した野鳥を組み込む事と過去に描いたスケッチを空撮写真に貼り込むのが1日のノルマの仕事になっている。今朝も雪降りで陽も遠景もぼやけた空撮写真に、シメ、ヒヨドリ、カワラヒワ、スズメを貼る。

カワラヒワ　墨絵景色に　黄色（いろ）を添え

　雪がちらついていて庭でドローンを上げ空撮すると墨絵のような景色が広がる。輪郭のはっきりしない朝日が南東の空にぼんやり浮かんで見える。庭に飛来するツグミ、シジュウカラ、スズメはくすんだ色で、カワラヒワの羽の一部の黄色が映える。

2021 年 2 月 7 日

空撮や　鳥果居間撮り　日曜日

　裏山に行き空撮。ぎっくり腰やコロナ禍で今冬は
スノーシューを履いて雪山を歩く体力と気力がな
い。空撮を行った付近で野鳥を探しても鳥果無し。
居間に居て撮影した野鳥を空撮写真に貼り付ける。
ヤマガラ、シメ、ツグミ、マヒワが写っている。

雪の朝 膨らむ体 野鳥かな

　　雪化粧した市街地が広がる朝である。探鳥散歩にも行かず家の周囲で野鳥を撮る。氷柱が伸びている近くの枝の野鳥は冠羽も見えてヒガラである。カワラヒワが枝に止まっている。アンテナにはシメがいる。寒いのか野鳥は体の毛を膨らませている。

夏椿　実が集めたり　カワラヒワ

　　今朝は久しぶりに晴れた日の出が空撮できた。野鳥の方は庭に飛来したカワラヒワの群れで、夏椿の実を食べている。夏椿は1日花で、満開で咲いている状態でぽろりと落花してしまうのが気にいらない。しかし、実が野鳥を集める点は評価する。

日の出撮り　野鳥を貼りて　今日も過ぎ

　　日の出が見られるようなら日の出を空撮し、庭に
飛来した野鳥を撮って空撮パノラマ写真に貼りブ
ログを書く。これが日課のようになっいてその作業
が終われば1日の仕事が終わった気分になる。今
朝はヤマガラ、ツグミ、カワラヒワ、シメを撮る。

人慣れの　カモ池で撮り　雪まつり

　　朝の散歩道の途中で空撮を行う。雪で覆われた
都心部の景観も写る。雪まつりの最中で人出が予想
される。午後雪まつりの会場を歩き、道庁の庭の池
のところでカモを撮る。池には薄氷が張っている。
人慣れしたカモで観光客の足元の近くまで来る。

祝日や　常連の野鳥（とり）　勢揃い

　建国記念の日。日の出は雪雲に遮られて見られ
ず。陽が雲の上に顔を出す頃庭で空撮。野鳥はい
つも庭に来るのが勢揃いといった感じ。アカゲラ、
カワラヒワ、シメ、シジュウカラ、ツグミを撮り空
撮写真に貼り付ける。天空の野鳥の爪句集を検討。

2020年 2月 13日

天空に 庭に飛来の 野鳥メモ

　裏山につながる道で空撮。気温は少し高めで靄っ
た遠景はクリアに写らない。空撮写真の天空部分
に貼り付けた野鳥は我が家の庭で撮影したもので
ある。ツグミ、シメ、アカゲラは庭木に止まったと
ころを写す。ヒヨドリは餌台に来たところを撮影。

雪原行 筋力不足 腰痛し

　スノーシューを履いて裏山の坂を登り、上空が開けたところで空撮。ツグミ、ゴジュウカラ、オニグルミの葉痕、特定できぬ動物の足跡等を撮る。西野市民の森の散策路に出ると雪道が踏み固められていたので長靴に戻り帰宅する。筋力不足で腰が痛い。

冬の雨　庭で撮りたる　野鳥かな

　２月の中旬だというのに雨。冬の雨の日を記録する意図もあり、晴れ間をみて庭で空撮。家の前の道路は一部の雪解けが進み黒いアスファルトが見えている。庭にはいつものようにアカゲラ、シメ、ヤマガラ、シジュウカラ、カワラヒワが来る。

政治学　さわりを聞いて　野鳥撮る

　朝は雪が降り荒れ模様の天気。ホテルで朝食を摂りながらアメリカ民主主義の後退の話を聞く。「デモクラシー」に代わる「ポリアーキー」の言葉による解説。午後は晴れたので庭で空撮。アカゲラ、カワラヒワ、ツグミ、シジュウカラを撮る。

アカゲラの　雌雄撮る朝　雪上がり

　　夜のうちに雪が降る。ドローンを上げて空撮すると、三角屋根も無落雪屋根も雪で白く塗ったように写る。庭に来る野鳥を撮ると、アカゲラの雄と雌が写る。番なのだろうか。枝に身動きをせずツグミが止まっている。一方、カワラヒワの動きが忙しない。

餌台を　中型野鳥　一羽占め

　気温が上がり午前中は雪に変わって雨粒が落ちてくる。その中でドローンを飛ばす。野鳥を貼り付ける空撮写真を得るためである。餌台はカラ類の小型の野鳥のためと最初考えていたけれど、アカゲラ、ツグミ、ヒヨドリの比較的大きな野鳥も来る。

2021 年 2 月 21 日

空撮と　野鳥撮る日課　今日も終え

　爪句集シリーズの 47 集は空撮パノラマ写真に、空撮と同じ日に撮影した野鳥や花を貼り付けたものを考えている。200 ページの爪句集で、200 日分の空撮写真と野鳥や花の写真が必要になる。最近毎日空撮を行っているけれどかなりきつい仕事である。

常連の　筆頭野鳥や　カワラヒワ

　　日の出時刻の短い晴れ間に空撮を行っておく。
その後吹雪模様になったかと思うと少し晴れ、また
雪降りと定まらない天気である。庭にアカゲラやヒ
ヨドリ、カワラヒワが来る。今年は特にカワラヒワ
が目立っている。番と思えるものも枝に居る。

2021 年 2 月 24 日

撮影の　動作察知か　カケスの目

　朝は吹雪いて空撮は無理かと思っていると晴れてくる。風が強いけれど庭でドローンを飛ばす。庭に来る常連のアカゲラ、シメ、カワラヒワ、ヤマガラに珍客のカケスが加わる。撮影したカケスの丸い目玉にこちらの動きが見透かされているようだ。

2月末 天空の野鳥 稿完了

昨夜かなり雪が降ったようだ。雪かきをする前に庭で空撮。降雪で日の出の太陽が輪郭を見せないで昇ってくる。庭に来たアカゲラ、カワラヒワ、ヤマガラ、シジュウカラを撮る。2月も終わりで、今日、天空の野鳥の爪句集の原稿書きを終える。

2020年3月7日

景観に 野鳥埋め込み 新工夫

　運動のため西野市民の森の登山口まで歩く。途中野鳥を撮りドローンで空撮を行う。帰宅して空撮全球パノラマ写真にドローンを飛ばした近くで撮影したハシブトガラと思える野鳥を貼り込んでみる。1枚の写真に景観と野鳥が記録できて便利。

空撮に　一昨日の　野鳥（とり）を貼り

　空撮のため近くの林にスノーシューを履いて出向く。空撮パノラマ写真に貼り付ける野鳥を探すけれど鳥影を見つける事ができず。仕方がないので2日前に今日の空撮の場所近くで撮ったアカゲラの写真を利用する。空撮と野鳥撮影の両立が難しい。

日の出見て　シジュウカラ撮る　住宅地

　果樹園の近くまで行き日の出の景観を空撮。帰り道で住宅地の近くでシジュウカラを撮る。今夕のNHK番組「ダーウィンが来た」欄に「森の小鳥シジュウカラ都会進出の意外な理由」の紹介文を見て、地味なテーマながらこれは視ておかねばと思う。

2020 年 3 月 16 日

雪降りに　丸きハトの目　何映す

　　雪が少し小降りになったので庭で空撮。都心部のビル群がかすかに写る。天空に貼り付ける鳥の写真は自宅前の電線に止まっているハトである。空撮写真で電柱はかろうじて確認できるが電線とハトは見えない。ハトの目玉の丸さが印象的である。

シジュウカラ　森には居らず　川で撮る

　日の出前の暗い内に散歩に出掛ける。朝焼け空を期待したのだが期待外れ。林の中でドローンを上げて空撮後、近くで野鳥を探すが見つからず。帰り道、中の川でシジュウカラを撮る。「ダーウィンが来た」で紹介された通り住宅近くで見かける野鳥である。

シジュウカラ　止まる電線　探したり

　　新聞の天気予報欄に全道にわたり晴れマークが
並ぶ。風は少し冷たいものの春が近づいている感
じ。セーター姿で家の近くを歩き、電線に止まった
シジュウカラを撮る。その写真だけでは物足りない
ので空撮を行い、空撮写真にシジュウカラを貼る。

アンテナの　シメは逃げたり　ドローン撮

　　朝ホテルでの朝食会に出掛けるが連絡無しの中止。コロナウイルスの影響だろう。出版社に寄り爪句集第 43 集の原稿を渡す。帰宅してアンテナに止まっているシメを撮る。ドローンを飛ばし、20m 上空から空撮。シメの止まったアンテナが写る。

空撮や　アカゲラ居た木　位置を知る

　雪の解ける速度に加速度が加わっているようである。空撮写真で見ると、雪の解けた後は笹が起き上がって薄緑になっている。木の緑は未だ戻っていない。葉の無い木にアカゲラが止まっているのを何とか撮影する。撮影した場所を写真で特定してみる。

見慣れたる　ヒヨドリ撮りて　今朝の野鳥（とり）

　天気予報は全道的に晴れ。これに対し東京は天気予報欄に雪マークが並ぶ。雪と新型コロナウイルスによる外出自粛で人出はさらに減少するだろう。日の出時に庭で空撮。天空に貼り付ける野鳥を探し、庭のソメイヨシノに止まったヒヨドリを撮る。

カラ野鳥　目に昇る陽の　写りたり

　3月最後の日も昨日同様晴れた朝となる。裏山の
しまり雪の斜面を登り日の出時の空撮を行う。空撮
後近くの林で野鳥を撮る。カラ類の動きが速く、な
かなか上手く撮れない。どうにか撮れた野鳥はハ
シブトガラのようだ。鳥の目に朝日が反射して写る。

雲海や　鳴くホオジロの　目に映り

　　散歩道で目を都心部に向けるとビル群が上下に分かれて蜃気楼のように見える。都心部を雲海が覆っていてこのように見えるようだ。早速ドローンを上げて空撮してみる。空から見た雲海である。空撮後近くで撮ったホオジロを天空の鳥として配置する。

囀 (さえず) りで　鳥種推定　シジュウカラ

　日の出の時刻に目覚める。これは大変とドローンを背負って散歩道の坂を登る。少し高いところで雲から顔を出す朝日を狙って空撮。近くでツッピーツッピーと聞こえる野鳥の囀りを耳にしてシジュウカラと推定する。推定通りの鳥影を撮影できた。

2020 年 4 月 12 日

朝日に赤林　今年初見の　メジロかな

　日の出に間に合って、ドローンを飛ばして太陽が
姿を現す景観を空撮する。100m上空でドローンが
機体を回転させながらデータを収集している間にも
太陽はどんどん昇る。空撮後、赤く染まって写る
林でメジロを撮る。今年初めてお目にかかる。

2020・4・11 撮影

オシドリや　池で撮り込み　空に貼る

　空撮パノラマ写真の天空部分に野鳥を貼り付ける手法では、空撮場所が制限される難点がある。そこで、地上で撮影したパノラマ写真に野鳥を貼り付けるのを試す。昨日、中島公園の菖蒲池のパノラマ写真に池で撮影したオシドリを貼り付けてみる。

2020 年 4 月 13 日

1枚に　3点セット　日課メモ

　天気が良いと散歩に出掛け、空き地や近くの山林でドローンを飛ばして空撮を行う。ついでに空撮前後で野鳥撮影を行う。探鳥と空撮の散歩で運動量を確保して朝食前の3点セットを日課にしている。今朝は日の出、シジュウカラ、4千歩となる。

キジバトが　今朝の鳥果で　散策路

　日の出の空撮写真を撮ってから久しぶりに西野
市民の森の散策路を251峰を通過して一巡りする。
途中道の上空の開けた場所でドローンを上げて空
撮する。木々の緑は未だ戻っていない。野鳥を探
しても近くに居らず。遠くの梢のキジバトを撮る。

2020 年 4 月 15 日

花と鳥　天空に置き　曇り朝

　曇り空の朝、道端にチオノドクサが咲いている。
園芸種が逸出して土手に群生している。花名はギ
リシャ語で「雪の輝き」を意味する。松の枝先で
はホオジロが鳴いている。空撮を行いパノラマ写
真に花と鳥を配する。山には残雪があり少し寒い。

豆本や　ツグミを撮りて　文学館

　道立文学館に「豆本ワールド」を見に行ったついでに中島公園で探鳥散歩を行う。公園の芝生でツグミを見つける。文学館横でパノラマ写真を撮り、これにツグミを貼り付ける。文学館の大きなガラス窓に写真を撮っている自分の姿が写っている。

2020 年 4 月 16 日

秘境駅 列車カラ類 記念撮り

　普通列車に乗り美唄まで行く。美唄駅で北科大M教授の二人乗りの車に乗車、廃線予定の札沼線の撮影駅を物色して回る。秘境駅の評判の高い豊ケ岡駅で浦臼行きの列車を待って空撮。最終ランのため2両編成である。駅舎近くの林でカラ類を撮る。

2020年4月17日

陽昇れば　鳥影の無く　青き沼

　宮島沼に飛来しているマガンのねぐら立ちを撮り
に行く。夜、湖面で休んでいるマガンが日の出前に
一斉に飛び立つ。薄暗い中、マガンの飛ぶ光景を上
手く写せない。飛び立った後の鳥影の無い沼を空撮
し、早朝マガンで埋まる沼の様子を貼り付ける。

日の出景　マガン加えて　西美唄

　　日の出時刻に、連泊した旧西美唄小学校のグラウンド跡でドローンを上げ空撮。陽は美唄の東側の夕張山地の稜線から昇ってくる。北側に雪を冠した樺戸山地の高山が屹立して見える。西方向にある宮島沼から飛び立ったマガンが空を飛行して行く。

貼りて見る　地の春色や　ツツジ花

　庭の上空から見下ろした空撮写真に春の色は未だ写らない。しかし、地上では春の到来が確認できる。庭のツツジの花が咲き出し、これを空撮パノラマ写真に貼り付ける。もう少しで桜前線が到来し、地上の木花の存在を空撮写真で確かめられる。

ゴジュウカラ　撮れば目に入る　コブシ花

　　朝食後西野市民の森の散策路を歩く。天気は曇り空。誰も歩いていないので道に腰を下ろしてドローンを飛ばす。積雪の下から起き上がってきた熊笹の緑と白い点で描いたようなコブシの花が写る。近くで撮ったゴジュウカラを天空に配置してみる。

クマゲラの　巣づくり見たり　森の道

　　クマゲラが巣の整備を行っている。昨年も見た巣で、春になって巣が使われているのを確認する。巣の天井部分を拡張しようとしているらしく、穴の上の方を穿って木屑を外に出している。作業の邪魔をしないように離れたところで空撮を行う。

初めての　モズを撮るなり　大鳥果

　　見慣れない野鳥を撮る。撮影場所の近くで空撮
パノラマ写真を撮っておく。帰宅して図鑑で調べる
とモズである。図鑑の説明には農耕地周辺で普通
に見られる野鳥とある。しかし、今まで撮影した記
憶が無い。初めて撮る野鳥なので大鳥果である。

空に貼る　瑠璃色野鳥　ルリビタキ

　　いつものように運動も兼ねて西野市民の森を歩く。予期していなかったルリビタキが目に飛び込んでくる。めったに遭遇しない野鳥だと上手く撮ろうと焦る。何枚か撮ってもピンボケで気落ちする。後ろ向きの１枚がどうにか見られる写真で残った。

2020 年 4 月 27 日

庭に来た　アトリとアオジ　天に貼る

　雨が降ったり晴れたりの不安定な天気。にもかかわらず庭に種々の野鳥が飛来した日である。冬の間餌台にあった種等が地面に落ち、雪解けで出てきたものを漁っているようだ。庭上空から空撮パノラマ写真を撮り、別撮りのアトリとアオジを貼る。

ルリビタキ　飛び踏む絨毯　フキノトウ

　　サクランボ果樹園の横でフキノトウが大きく
なっていて、空から見ると緑の絨毯に見える。こ
の場所でルリビタキがフキノトウの上を飛び回っ
ているのを見つけて撮る。昨日は林の中で上手く
撮れなかったけれど今朝は何枚か物にできた。

2020 年 5 月 2 日

キジバトの　首に黒土と　白石灰

　　時折小雨の朝。晴れ間に庭でドローンを飛ばし
空撮。庭の一部に雪が降ったように白く見えるのは
昨日耕した土に撒いた石灰である。開花した庭の
ヤマザクラも写る。昨日庭で撮ったキジバトが空に
いる。キジバトの首の模様が黒土と石灰のようだ。

コブシ花　エナガと競う　白さかな

　西野市民の森の散策路上空で空撮を行うと、新緑が始まり出した森にぽつぽつと白い木が写る。コブシの花である。地上で写したコブシの花を天空に貼り付けてみる。シマエナガやシジュウカラも撮影できた。鳥名の通りシマエナガの尾が長く写る。

2020 年 5 月 5 日

こどもの日　桜に止まる　メジロかな

　　散歩道の桜の木にメジロが来て飛び回っている。何枚か鳥影を撮っておく。この桜の木のある場所をパノラマ写真で記録する。パノラマ写真にはメジロは写らないので、別撮りのメジロの写真から良さそうなものを選んでパノラマ写真に貼り付ける。

ホオジロや　五月空にて　存在感

　空から西野市民の森に通じる山道で空撮すると、山全体が薄緑色に移行しているのが分かる。木々が新緑で覆われてくると野鳥が撮りづらくなる。今日も何度もシャッターチャンスを逃す。住宅街に近いところでホオジロを撮り五月の空に置いてみる。

桜花から　バトンタッチで　桜桃花
（おうか）　　　　　　　　　　　　（おうとうか）

　　歯科医院まで往復歩く。帰路は宮丘公園から果樹園を抜けるルートにする。途中見事なヤマザクラが目に留まったのでドローンを飛ばして空撮を行う。地上で撮った写真を空撮パノラマ写真に貼り付ける。桜に続くサクランボの花が咲き出している。

囀りは　五月最後と　聞こえたり
（さえず）

　　快晴の朝、庭でドローンを上げて日の出の空撮。
空撮の後散歩に出掛け、家の近くの空撮に写って
いる場所でシジュウカラを撮る。毛を逆立てて囀
る姿が写っている。シジュウカラは住宅街でも見
かける野鳥である。今日で5月は終わりとなる。

昇る陽を　飲み込む口の　赤さかな

　良い天気が約束された1日の日の出を自宅庭で
空撮する。空撮後散歩に出掛け、梢の先端に止まっ
て囀っているホオジロを撮る。朝日を浴び、開け
た口が赤く、朝日を飲み込んで赤くなったように
見える。今日から水無月の6月の始まりである。

オオルリや　頭瑠璃色　わずか見え

　　雲が厚く朝焼けの見られない雨模様の朝で、定
点観測のように庭で空撮。その後散歩に行きオオル
リと思われる野鳥を撮る。頭から背中にかけて名前
の瑠璃色なのだが、頭のごく一部しか瑠璃色が写ら
ず残念である。顔から首にかけては黒毛である。

2020 年 6 月 3 日

キジバトの　飛ばぬ上空　ドローン撮

　　散歩する道先にキジバトが地面で餌を漁ってい
る。カワラバトとは違いキジバトは警戒心が強く、
人の姿を認めるとすぐに飛び去る。早朝の暗い山
道の遠くから撮影した鳥影はボケている。キジバト
の居た場所で 100m 上空からドローンで空撮する。

ヒヨドリも　赤く染まりて　日の出かな

　　朝日が現れるところを撮るためいつもの散歩道
の坂を登る。昨夜雨が降ったようで地面が濡れて
いる。陽が少し高くなった時刻に空撮を行う。空撮
写真に貼り込む野鳥を探しヒヨドリが見つかったの
で撮る。雨に濡れたせいか毛繕いに余念がない。

2020年6月5日

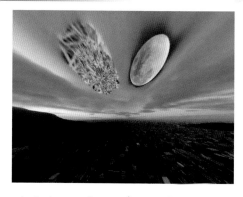

丸きもの　夕日の空に　貼りてみる

　　都心部に夕日が差す様子を空撮してみる。しかし、日の入りの時刻に遅れてビル群が明るく夕日に染まるのを撮り逃がす。昼間撮った庭のアリウムと夜に入り満月に近づいている月を空撮パノラマ写真の天空に貼り付けてみる。丸いもの同士である。

電線に　止まる野鳥を　抛り上げ
（ほう）

　木の葉が繁り出してくると森の中での野鳥撮りは
難しくなる。これに対して住宅街では電線に止まる
野鳥は遮るものがないので撮り易い。散歩時に撮っ
たキセキレイとシジュウカラを、電線上の味気無さ
を補うため、空撮写真の天空に配置してみる。

アカゲラや　何羽が棲んで　森の中

　　曇り空の朝に宮丘公園を散歩のコースに選ぶ。
野鳥撮影を期待するけれど木の葉が邪魔をし、音
を立てている鳥の姿が写せない。やっとアカゲラの
姿を捕まえる。アカゲラを撮った付近で空撮を試
みる。100m上空から見下ろす森にアカゲラが棲む。

親鳥を　雛鳥と我　待ちており

　森の道のクマゲラの巣の辺りから鳴き声がする。囀る音でない。巣を見るとクマゲラの雛鳥が盛んに鳴いている。親鳥に餌を要求しているようだ。その親鳥が戻ってくるのを期待して待っていたけれど親鳥は現れず。朝食もあるので森の空撮後帰宅。

2020 年 6 月 10 日

アオサギの　追っかけするなり　中の川

　朝の散歩は中の川の土手道を西野市民の森方向
に歩く。中の川でアオサギが川の中の小魚を狙っ
ているのを見つける。遠くから用心して撮影する。
アオサギは警戒心の強い鳥で、距離を縮めるとす
ぐ飛び立つ。川沿いにアオサギの追っかけを行う。

早朝被写体　オオハナウドと　スズメかな
（あさ）

西野市民の森の散策路の起点は西野西公園にある。この公園ではオオハナウドが花盛りだ。上空からこの花を写そうと試みるが100m上空からの撮影ではさすがに大きな花でも点となる。花と一緒に貼り込む野鳥を探してスズメしか見つからなかった。

ドローン下に　サイハイランの　咲きてあり

　西野市民の森の散策路の 251 峰でサイハイランを見つける。今年初めて目にした。見つけた場所の近くでドローンを上げ空撮写真を撮る。木が繁っていて木の葉の間を縫うようにドローンを飛行させるのに苦労する。ここでの墜落はドローンには致命的だ。

アカゲラや　眼下の森に　潜みたり

　宮丘公園の近くで空撮後宮丘公園の森の道を歩く。アカゲラが木に止まって音を立てているのだが、木の葉が邪魔をして上手く撮れない。朝日で明るくなった嘴の先が欠けたように写っている。ドローンで撮った眼下の森に棲むアカゲラである。

2020 年 6 月 15 日

日の出撮り　ホオジロ貼りて　日の開始

　　朝起きると日の出の空が明るくなっているので庭
で空撮。今日は昨日と同じような1日になるのだろ
う。空撮後散歩に出掛ける。野鳥は撮るのが難し
い季節に入っている。宮丘公園に入る手前で遠く
に動くものがあって撮る。ホオジロが写っている。

オオルリや　瑠璃色頭　写りたり

　宮丘公園を散歩していると遠くで野鳥の囀りが
する。高い木の先端に止まっている野鳥を見つけ
る。背景の空が明るく野鳥の色がはっきり写らない
けれどオオルリのようだ。頭の部分の瑠璃色が少
し写る。高い所に止まる習性があり撮るのが困難。

鉢合わせ　驚きて見る　野鳥（とり）と我

　　早朝、木に囲まれた散歩道でアカゲラと鉢合わせする。とっさの事で何枚か撮ったけれどピントが合っていない。1枚使えそうなものがありアカゲラを撮った場所での空撮写真に貼り付ける。空から見ると森に近づいて新しい住宅が建ってきている。

カモ親仔　見つけた場所を　俯瞰する

　　朝の散歩中に中の川で親仔ガモを見つけて写真に撮る。散歩から戻り自宅庭からドローンを上げて100m上空から空撮パノラマ写真を撮影。写真には中の川も写っていて、カモを見つけた橋の付近を拡大し、撮影場所を確認する。今日は曇り日予報。

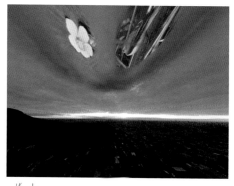

夏至日の出　鳥と花撮り　記録かな
（げ し）

　　夏至の日の出を記録しておきたかったので日の
出直前に庭で100mの高さにドローンを上げて空撮
を行う。空撮後、近くの中の川沿いに歩いて空撮
写真に挿入する野鳥等を探す。キセキレイと梅花
藻の写真が撮れたので空撮写真に並べてはめ込む。

早朝に　アオサギ追っかけ　夏至日かな

　　夏至の日の出を空撮。日の出時刻は３時台に入っている。中の川沿いに野鳥を求めて散歩する。頭の隅で期待していたアオサギを見つける。早朝この川のどこかに居るようだ。遠くからでも人の姿を見ると直ぐに逃げるアオサギの追っかけをする。

2020 年 6 月 22 日

暗き朝　空彩りて　庭の花

　日の出の空のほんの少しの部分が赤く染まっているけれど、空の大部分は厚い雲に覆われていて暗い朝である。その曇り空に、庭に咲いているモモバギキョウとツボサンゴの花を撮って貼り付ける。青と赤の花が鈍色の空を明るく彩っている。

スズメかと　撮ればモズなり　林道

<ruby>林道<rt>はやしみち</rt></ruby>

　　歯科医院まで歩いて行く。帰りは宮丘公園を探
鳥散歩。鳥影を目にする事もなく宮丘公園の出口ま
で来る。ここでスズメかと撮った野鳥はモズであっ
た。モズが撮れたので撮影場所近くでドローンを
上げて空撮する。モズの居た近くの野球場が写る。

2020 年 6 月 25 日

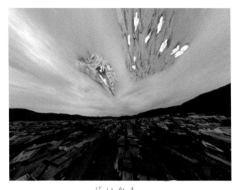

ハクセキレイ　梅花藻並べ　都市自然

　　中の川沿いに早朝散歩。曇り空で天気は下り坂。
ハクセキレイが川の近くを飛び回っている。野鳥と
川の中に咲く梅花藻を天空で組み合わせようと川面
に顔を出した 5 弁の白い花を撮る。川の上空 30m
から撮った空撮パノラマ写真には花は写らない。

花と鳥　平凡景観　救いたり

　西野川沿いの散歩道で空撮パノラマ写真を撮影する。時間と場所はかなりずれているけれど、今日の散歩道で撮影したハクセキレイとノコギリソウを組み合わせて1枚の写真に合成する。曇り空で明るい色が無いなか、ノコギリソウの赤色が冴える。

2020 年 6 月 27 日

空撮で　写せぬテッセン　空に貼り

　　雨模様の天気で朝の散歩は取り止め。ブログ用
に庭でテッセンを撮る。ついでにドローンを 10m
の高さに上げて庭を空撮。これにテッセンと以前撮
影の庭のサクランボの実の写真を貼り付ける。低
い高度での空撮でパノラマ写真のずれが目立つ。

白濁の　空に貼りたり　野鳥と虫（とり）

　雨上がりの中の川の土手道を散歩。今朝の鳥果はキセキレイである。二羽で飛んでいたから番なのだろう。中の川の空撮写真にキセキレイを貼り付ける。足元に翅のある虫を見つける。トビケラの仲間のようにも見えるけれど同定はできなかった。

シジュウカラ　撮った欄干　チェックかな

　　曇り空の下、宮丘公園から中の川沿いを散歩。
野鳥を撮ろうとして、いずれもシャッターチャンス
を逃す。最後、中の川の橋の欄干のところに止まっ
ているシジュウカラを撮る。口に捕獲した餌を咥え
ている。シジュウカラの撮影場所で空撮を行う。

キセキレイ　正面撮りで　面白し

　中の川沿いに朝の散歩。擁壁に沿ってある鉄柵にキセキレイが止まっているので撮る。正面の撮影で、横からの撮影ではすぐに分かる野鳥も正面となると当てるのに迷うことがある。キセキレイを撮った近くで空撮。曇り空でも終日晴天の天気予報。

餌探す　カラスとスズメ　番なり

　今朝の散歩は琴似発寒川まで足を延ばす。河川敷からドローンを飛ばして空撮。空撮パノラマ写真に貼り付ける野鳥を探すけれど、カラスかスズメぐらいしか見当たらない。カラスのペアは岸辺のサクランボを食べていてスズメの番は道路で餌探し。

空撮や　カモ撮る川の　筋に見え

　散歩は西野川上流方向に向かい、琴似発寒川から再び西野川に出て戻る。戻る道で西野川の細い流れでカモを撮る。首から後頭部にかけての緑色が朝日に輝いて美しい。カモを撮った近くでドローンを飛ばし空撮。カモの姿は空から確認できず。

2020年7月5日

川の中　キセキレイ居て　中の川

　天気の良い朝で中の川の土手道から歩き始める。川の中でキセキレイを見つけて撮る。川中で岩から岩へ移動する鳥影をカメラで追い駆ける。ついでにドローンを川の70m上空に上げて空撮。その後歩いた琴似発寒川は空撮写真には写っていない。

川散歩　スズメ　マガモが　鳥果なり

　朝の散歩時に琴似発寒川まで足を延ばす。風もなく天気が良かったので川の上空にドローンを上げて空撮を行う。いつものように空撮パノラマ写真の天空部分に貼り付ける野鳥を探してもスズメぐらいしかみつからない。帰り道西野川でカモを撮る。

ヒヨドリの　飛ぶ姿撮り　河畔道

　　早朝のひんやりした空気の中を琴似発寒川まで歩く。人道橋「風の子橋」近くでヒヨドリが飛んでいるところを撮影できて、その場で空撮を行う。以前この川の近くで土地を求めようと候補にした場所は、家が建ち景観が一変し、昔の面影はない。

天空に　月と並びて　猛禽類

　西野川は山地から流れ出す小川を擁壁で囲んだのが源流部分になっている。整備された小川に沿ってアスファルトの道があり、そこからドローンを飛ばし空撮する。川の近くの木にチゴハヤブサが止まっているのを撮り、月の写る天空に置いてみる。

空撮や　ハト撮影地　見つけたり

　　久しぶりに西野市民の森に行く。途中住宅街の
電線にカワラバトが群れて止まっていたのを撮
る。市民の森の散策路の入り口付近で空撮を行う。
写真でハトを撮影した場所を見つける。しかし、
100m上空からの写真では群れたハトは写らない。

空撮に　写る鳥影　見つけたり

　　西野川の源流付近まで足を運ぶ。お目当てはチ
ゴハヤブサで、高い枯れ木の上部で休んでいるの
を見つけ撮る。ドローンを飛ばし野鳥が逃げないと
思われるところでホバリングさせ空撮パノラマ写真
撮影。一段と高い枯れ木の天辺付近に鳥影が写る。

目と頬の　白さで呼ばれ　鳥名かな

　コロナ禍で半年は中止になっていたホテルでの朝食会に参加するため、朝の散歩は近場で済ます。野鳥を探してどうにか撮れたのはメジロである。その場所でドローンを飛ばし空撮を行う。帰り道でホオジロが木の天辺にいてこれは撮り易かった。

珍しき 野鳥も撮れず 快晴日

　今朝も西野川の源流近くで空撮を行う。空撮写真に貼り込む野鳥はスズメとキジバトしか撮れなかった。キジバトはそれほど珍しい野鳥でもなく、スズメに至っては他に野鳥がいなかったので埋め合わせ的に撮る。天気予報では快晴の1日である。

日の出時や　いつも目にする　野鳥撮り

　　早朝散歩で山に向かって歩いていると陽が昇り
始める。背負っているドローンを取り出して空撮。
空撮のパノラマ写真に貼り込む野鳥を探してホオ
ジロ、ヒヨドリ、カラスを撮る。カメラの調子が
悪く、ズームで野鳥を拡大するとピンボケになる。

山際に 落ちる陽を撮り 庭木花

　　西側に手稲山の裾山を背負った我が家の日没は
早い。東側の都心部が未だ明るいのに家の周囲は
夜の帳が下りてくる。その状況を庭でドローンを上
げて空撮する。空撮写真の天空に庭に咲いている
木花の夏椿、アジサイ、ラベンダーを貼り付ける。

川縁に　白花ハマナス　実の育ち

　早朝散歩で琴似発寒川まで足を延ばす。川の近くの広場で空撮を行う。空撮パノラマ写真に貼り込む野鳥を探しても鳥影を目にせず。近くの草むらのスズメを撮る。スズメだけなら寂しいので河川敷に咲いている白花ハマナスを撮る。実も見える。

アカゲラを　天空花で　飾りたり

　雲のかかった空の下を歩いて、西野西公園の入り口のところでアカゲラを撮る。その場所で空撮。撮影したアカゲラを空撮パノラマ写真に挿入する。ついでに空撮場所で撮ったオオウバユリ、コスモス、ハタザオキキョウを天空花にして飾る。

雲海を　撮れず野鳥が　代わりなり

　　都心部の方向を見るとビル群の上に雲が棚引く
ように見える。上空から撮影すると雲海のように
見えるかと空撮を行う。しかし、雲海のようには
写らない。森の道で撮ったメジロ、ヒヨドリ、シジュ
ウカラを雲海の代わりに天空部分に配置してみる。

ドローン下の　小川アオサギの　餌場なり

　　散歩コースの選択は気分次第で今朝は中の川コースとなる。川の草むらに白いものが見える。アオサギである。遠くから何枚も写すがカメラの調子が悪く、やっと1枚ピントが合う。その後アオサギは飛び立って、頭上を飛んでいくところを撮る。

2020 年 7 月 26 日

鳥果無く　ヒヨドリソウが　野鳥代わり
とり

　　曇り空の朝で宮丘公園に探鳥散歩に出掛ける。
しかし鳥果無し。野鳥が目に留まったとしても調子
の悪いカメラではピントの合った写真は期待できな
い。野鳥の代わりにヒヨドリソウ、ヤブハギ、ノリ
ウツギ等を撮って今朝の空撮写真の主役にする。

森の道　鳥果に加え　リス キツネ

　朝の散歩で西野西公園の山道を歩く。雲があっても今日1日の快晴を約束してくれる空模様。仔ギツネ、リス、シジュウカラが目に留まり撮る。これらの動物や野鳥の居た森の上空にドローンを上げて空撮を行う。撮影時に蚊等が寄って来て難儀。

中の川　アオサギ撮りて　葉月なり

　　今日から 8 月。快晴の朝で中の川沿いに西野西
公園の山道を突き抜けて散歩。中の川でアオサギ
を撮り、アオサギの居た場所で空撮を行う。森の
道ではアカゲラを撮るけれど葉に隠れて上手く撮
れず。帰りに中の川の開けたところでスズメを撮る。

地にキツネ　天にヒヨドリ　野生撮り

　　天気の良い朝で、涼しいうちに西野川源流付近
まで散歩。森の近くで親仔のキツネを見つけて撮
る。かなりの距離を取っていてもキツネに向かって
歩くとキツネは森の中に消える。キツネの居た近く
でドローンを飛ばし空撮を行う。ヒヨドリも撮る。

山野草　天空に貼り　盆中日

　裏山から宮丘公園に抜けて歩く。途中山道で空撮。山野草を撮り空撮パノラマ写真の天空部分を飾ってみる。ネジバナは今年初めて目にする。黄色いアキノキリンソウは花名から秋を連想させる。ミズヒキ、ヌスビトハギ、クズの花も天空に収まる。

雲垂れて　鳥果乏しく　盆の明け

　　今日は盆明けの日曜日。新聞の天気予報欄には終日晴れマークが並んでいるのに、朝から曇り空である。冴えない天気で空撮を行い、これまた平凡なカラスやスズメを撮って天空に貼り付ける。キジバトも灰色がかって写り、これまた冴えない。

2020年8月17日

散歩道 写した花実 天に置く

　いつものように裏山を歩く。途中ドローンを飛ばして空撮。道すがら撮った写真を空撮パノラマ写真に貼り込む。道端の白いキノコは珍しい。野イチゴの実が赤くなっている。実が盗人の足跡を連想させるヌスビトハギ。中の川では梅花藻を撮る。

キツネ撮れ　空撮誘い　野鳥（とり）も撮り

　気分を変えて今朝は西野西公園方面を散歩。小山を登り西野川のフェンス越しにキツネを撮ったので、近くで空撮。付近に電波塔があるせいかドローンとの交信が途切れて少し慌てる。ヒヨドリ、ハト、トンボを天空に並べて出来映えをみる。

被写体に　目蒲くものなく　朝散歩

　　朝の散歩は山道から宮丘公園を回る。途中空撮を行う。空撮パノラマ写真の天空部分に貼り付ける被写体を探すけれどこれはといったものがない。木の間からの朝日、飛ぶトンボ、帰宅して庭のブルベリーの木のヒヨドリ、ヒマワリを選んでみる。

朝焼けの　暗きところに　野鳥(とり)潜み

　朝焼け空を空撮してから散歩に出掛ける。空撮
パノラマ写真に貼り付ける野鳥を探すけれど野鳥の
姿がなかなか見当たらない。高い木の天辺にヒヨド
リを見つける。アカゲラが居て撮る。ヤマゲラと思
われる野鳥が少し写る。遠方のモエレ山を撮る。

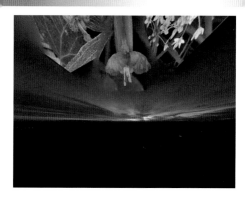

空ノート　散歩の成果　記帳する

　庭でドローンを上げ朝焼けを空撮後、いつものように散歩に出掛ける。散歩時に撮ったツユクサ、ガガイモ、ニラの花を空撮写真に並べてみる。こうすると１枚の写真に物語り性が出て面白い。大型蝶の幼虫が這っていたものも撮って天空に加える。

空撮や　蚊虫少なく　処暑の朝

　暦では処暑。朝焼けの見られない日の出を庭で
空撮する。気温が下がってきたせいか蚊や虫が少
なく空撮がし易い。庭のカボチャが葉を伸ばして
いる状態を上空から撮る。随分と蔓を伸ばして葉
が並んでいるけれど、収穫は 3 個しか期待できない。

2020 年 8 月 24 日

森の中　夏の盛りや　野鳥に昆虫（とり）（むし）

　　午前中歯科医院に行き、帰りは朝の散歩に代え宮丘公園を歩く。途中空撮を行いヒヨドリ、トンボ、フキバッタを空撮写真に貼り込む。野鳥等を撮った場所で同じ時刻に空撮を行う方針なのだが、昨日西野市民の森で撮影したエゾライチョウも加える。

真夏日と　赤き実伝え　ツチアケビ

　天気予報欄の札幌の最高気温は 32°で、早朝の涼しいうちに散歩をと、西野市民の森を歩く。木陰の山道を歩いても汗が出る。途中空撮を行う。ツチアケビの実を見つける。ガガンボや空中に浮かぶ虫を撮る。アワダチソウ、クサギも目に留まる。

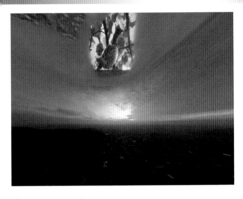

朝焼けや　鳥果を貼りて　エゾライチョウ

今日も予報は真夏日。庭で朝焼け空を撮り西野
市民の森に出掛ける。251 峰の近くでエゾライチョ
ウを見かけるけれど上手く撮れず。爪句集の表紙
のエゾライチョウが良く撮れているので、朝焼けの
天空に表紙を貼り付ける。アカゲラも上手く撮れず。

2019年9月1日

野鳥撮り　同定できずに　空にメモ

　庭で好天の日の出を空撮する。その後裏山の森
の道を散歩して野鳥撮影を行う。アオジが口に何
か咥えている。ムシクイの仲間と思われる野鳥を
撮るが、同定に自信が持てない。羽の縞と目の周
囲が白いサメビタキに似ている野鳥も同定できず。

マムシグサ　実の緑にて　9月入り

　　曇り空で風がある。運動を兼ね西野市民の森を
歩く。エゾライチョウと思われる野鳥を撮り損ね
る。足元にはマムシグサの緑色の実がある。秋が
深まれば赤く色づく。ツチアケビは既に赤くなっ
ている。名も知らぬキノコがそこここに顔を出す。

風の日に　虫を撮り撮り　散歩かな

真夏日にならず風もあり歩いていて気持ちが良い。強風注意の表示が出る中ドローンを飛ばして空撮を行う。風のせいか蚊が寄ってこないので助かる。トンボが飛んでいるところ撮るが上手く写せない。ガガンボやシャクガの仲間、蝶の幼虫を撮る。

2020 年 9 月 6 日

果樹園や　モウズイカ咲く　散歩道

　朝の散歩は果樹園を抜ける道を選ぶ。途中ドローンを上げて空撮を行う。山は濃い緑で覆われていて明るい花の色が無いので、庭に咲くコスモス、ガウラ、シュウメイギクに散歩途中で撮った雑草感のあるビロードモウズイカを加えて天空の花畑にする。

2020 年 9 月 12 日

天空が　散歩記録の　写真帖

　　曇り日。日の出時刻に空の一部が少し朝焼け状態になる。家の近くを散歩する。キジバトを撮る。道端にウンランが咲いている。葉の上にいる小さなハムシをスマホで撮る。帰宅して庭で空撮。散歩で撮った写真を空撮パノラマ写真帖に記録する。

2019年9月13日

名月と　並べて今日の　記憶かな

　中秋の名月が東空に昇り始める頃庭で空撮。今日1日撮影した野鳥や花、虫を天空部分に残す。メジロは遠くて写真を拡大するとピントがボケる。オオハンゴンソウに止まった翅の傷んだヒョウモン蝶、ツチアケビの実、サラシナショウマがある。

脚力の　鍛え直しで　森歩き

　今朝は写真を撮るほどの朝焼けも日の出も見られず。天気予報では午前中に雨になるようなので、脚を少し鍛えなければならぬ事情もあり、雨の前に西野市民の森を歩く。ツチアケビの実やキノコを撮ったので、これらを貼り付ける空撮写真を撮る。

2020 年 9 月 19 日

天空を　庭花ブーケで　飾りたり

　　新聞の天気予報欄には全道的に晴れマークが並ぶ。こんな日の日の出時刻の朝焼けは期待できない。それでも東空が明るくなり出した頃空撮を行う。パノラマ写真の天空に、庭に咲いているコスモス、シュウメイギク、ニゲラ、ボリジを置いて飾る。

雲海の　上に花見る　展望台

　空撮パノラマ写真の天空部分に野鳥や花を貼り付けて「天空の野鳥と花」のテーマの写真の作品作りをしている。地上で撮影したパノラマ写真に同様な事ができないかと黒岳の展望台のパノラマ写真にシラタマノキ、リンドウ、チングルマを貼る。

2020年9月25日

彼岸明け　暑さを越して　花に虫

　　彼岸明けの朝空は少し紅色で染まる。「暑さ寒さ
も彼岸まで」の暑さは今日で終わりとなる。時刻を
ずらして撮った庭のフウロウの花、紅紫檀の赤い実、
トンボにヒカゲ蝶が天空に並ぶ。あと1か月もすれ
ば初雪を迎えるのは秋の日の今は信じられない。

雨の後 庭に残るや 秋の花

　小雨かなと思える早朝、散歩の代わりに庭でドローンを飛ばして日の出を撮る。秋に入りかけていて庭の菜園は家人が整理する。庭には秋の花が残っている。ミセバヤ、ヒヨドリソウ、キク、マツムシソウを撮っての天空に持ち上げ名残を惜しむ。

2020年10月4日

朝散歩　撮り撮り歩き　1万歩

　朝の散歩は西野西公園から西野市民の森を回る。
途中空撮を行い、目に付くものを撮って空撮写真
に貼り込む。公園のニシキギと思われる生垣は紅
葉している。草丈のあるキクイモの花が目につく。
住宅街を走っていた小動物はイタチの仲間だろう。

空撮に　秋の演出　加えたり

　　宮丘公園を抜けて宮の沢の住宅地の西側に広が
る緑地まで足を延ばす。緑地でドローンを飛ばし空
撮を行う。カラスが木の実を加えて上空を飛んでい
る。黄葉した木の彼方の天空に月が見える。弾けた
ツリバナや白銀に輝くススキが秋を演出している。

好天の　日の始まりに　花鳥かな

　朝焼けが上手く写るかと期待して日の出前の景観を自宅の庭で空撮する。その後坂の上まで歩いて行き都心部の朝焼けの様子を撮る。電線に止まっているのはハシブトガラだろう。通りに面してに盆栽を並べている家があり、紅色大文字草を撮る。

アカゲラと　ヤマガラ撮りて　秋の森

　午前中西野市民の森を散歩する。途中アカゲラを撮る事ができたので、森の 100m 上空にドローンを上げて空撮を行う。小さな野鳥が飛び交っていてこれはヤマガラである。木の葉は色づいてきても、葉が落ちないところで野鳥を撮るのは難しい。

2020 年 10 月 13 日

薄明に　野鳥を撮りて　日の出かな

　　日の出前の少し薄暗い朝家の近くを散歩する。
野鳥が飛んでいるので撮ってみる。明るさが十分
でなくぼけ気味の写真となる。ヤマガラとスズメに
交じって、はっきりしない野鳥はムシクイの仲間の
ようだ。散歩から戻り庭で日の出の空撮を行う。

アカゲラを　追っかけ撮りて　森の道

　　いつものように森の道を散歩。途中空撮を行う。
野鳥を期待しても最初は飛ぶカラスしか撮れな
い。静かな森の道でドラミング音を耳にする。音
を頼りに木の幹を突くアカゲラを見つけて撮る。
別々の場所で撮ったアカゲラは同じ個体のようだ。

2020 年 10 月 17 日

天空に　今日の日常　並べたり

　相変わらず日の出景を撮り、朝食後森の道を歩く。途中空撮を行う。リスもいつものようにクルミの木の上を動き回っている。アカゲラも目に入ったので木の幹を移動するところを撮る。朝日に輝く黄葉も撮り、急ぎ足で進行する秋を写真で記録する。

燃える山　野鳥を探し　歩きたり

　日の出を空撮すると裏山が紅葉で赤く燃えているようである。朝食後この裏山を歩く。アカゲラとシジュウカラを見つけたけれど、それ以外の野鳥には出遭わなかった。これらの野鳥に庭のヒヨドリソウやミナヅキを加えて今日の合成写真とする。

紅葉や　変わる天気に　カケス撮り

　　曇っているかと思えば陽が差し、時折天気雨と
落ち着かない秋の天気。紅葉が進む裏山に出掛け
て空撮を行う。リスを撮り、大型の野鳥を目にして
こちらも撮る。カケスである。今年になって初めて
のシャッターチャンスで、虫を捕らえた鳥姿が写る。

天空の　鳥カケスなり　「ギャー」と鳴き

　晴れたり曇ったりの安定しない天気。日の出時に
庭で空撮を行う。雨で道路が濡れ黒く見える。陽
が当たらない山林の紅葉も暗く写る。散歩がてら家
近くの山道を歩きカケスやリスを撮り、空撮写真に
貼り込む。スペースがあるのでスズメも加える。

秋を撮り　今朝の主役は　カケスなり

　　紅葉が急ぎ足で進行している。その写真を撮る
方も急かされた気持ちになる。落葉が進めば野鳥
が撮り易くなる。今朝の主役の野鳥はカケスである。
枝に居たかと思うと地に下りて餌になるものを漁
る。餌を奪い合う事もないリスとニアミスである。

朴の実を　カラス咥えて　森の道

　日課のようになっている庭でドローンを上げ日の出の空撮を行う。朝食後は運動も兼ねて西野市民の森を歩く。カラスが何か咥えて枯れ木に止まっている。咥えているのは朴の実らしい。カラスはこんな物も食べるようだ。ヒヨドリやリスを撮る。

2020 年 10 月 29 日

散歩道　リスとカケスで　歩進まず

　曇ったり晴れたりの天気で時折小雨となる。裏山のクルミ並木まで行き空撮。最近はこの場所でよくカケスを見かける。カケスが餌にする木の実や虫がいるようだ。リスの方もクルミの木で見かける。カケスとリスの撮影で散歩はここで終わりとなる。

落葉に　比例し露わ　野鳥かな

　朝市民の森を歩き途中空撮を行う。森の道は枯葉の絨毯になっている。251峰まで登り引き返す。目立たないようにいるコゲラを見つけて撮る。腰を落ち着けて待っていると小さな野鳥がやって来たので撮ってみる。ハシブトガラかコガラのようだ。

天空に　秋の風物　撮りて貼る

　　午前中は天気が良かったので森の道で目に留ま
る秋の風物を撮る。リスが相変わらずクルミの木の
上で忙しそうである。この時期になっても未だトン
ボが枯葉に止まっている。野菊も随分長い事咲い
ている。上空高く飛んで行くのはカラスのようだ。

雨上がり　庭の楓の　紅の冴え

　　早朝小雨。雨上がりに庭で日の出を空撮。我が
家の庭の楓が空撮パノラマ写真に赤く写る。この
楓下の方が黄色で上に行くにつれ紅葉となりグラ
デーションが見事である。木の下の落ち葉、ホトト
ギスの花、ついでにスズメを撮り天空に貼り付ける。

被写体や　カケスとカラス　雲泥差

　　月が改まって 11 月。曇り空の下森の道を歩く。木々の間をカケスが飛んでいるのが目に入る。写真に撮ろうとするとこれが難しい。カケスはカラス科の鳥で体全体を黒くするとカラスに似ている。同じ体形でも被写体としては両者に雲泥の差がある。

落ちぬ葉に　野鳥が隠れ　撮影難

　朝の雨が上がったので裏山に野鳥を撮りに行く。
撮影した野鳥を貼り付ける空撮パノラマ写真デー
タを収集。森の落葉はどんどん進行していても、
野鳥が隠れるのに十分な葉は未だ残っている。ヤ
マガラ、アカゲラ、シジュウカラ、メジロを撮る。

2020 年 11 月 3 日

カラ類の　野鳥を撮れば　天気雨

　東の空の雲が厚く日の出時刻に空の一部が少し明るくなっただけで陽は現れなかった。その後晴れてきて散歩に出掛け、途中でシジュウカラやゴジュウカラを撮っていると天気雨となる。カメラが濡れるのが嫌で帰宅する。明日は雪マークである。

初雪や　鈍色世界　色探し

　朝札幌の平地での初雪となる。雪が解けない内に
庭でドローンを上げて初雪の景観を空撮する。白と
鈍色の世界が広がっている。地上でこの季節の局
所的な色を探すと、雪を被ったサツキの緑、落ち葉
の黄色、ニシキギの赤、ホトトギスの紫が目に入る。

2020 年 11 月 6 日

日の出時は　思い及ばぬ　野鳥撮り

　都心部の出版社からの帰りは地下鉄宮の沢駅から宮丘公園を抜け自宅まで歩く。途中野鳥の撮影。シジュウカラ、ゴジュウカラ、ヤマガラ、ハシブトガラかヒガラらしきものを撮る。これらの野鳥を今朝の日の出時に庭で撮った空撮写真に貼り込む。

葉が落ちて　撮り易くなり　森の野鳥（とり）

　森の道は葉を落とした木々が目立つようになって
来た。葉が落ちると見通しが良くなり野鳥の撮影
がその分容易になる。幹を逆さに移動するゴジュ
ウカラを見つける。アカゲラと嘴の大きなオオアカ
ゲラを撮影する。スズメを撮るとピントが合う。

2020年11月9日

雨霰 飛び交う野鳥の ピントずれ
（あられ）（とり）

　　雨や霰が時々降り、雷も聞こえる荒れた天気の1日。雨が止んだのを見計らって庭でドローンを上げて霰で覆われた下界の風景を空撮する。庭の木の周囲でシジュウカラとヤマガラが飛んでいるのでガラス窓越しに撮る。ピントが合った鳥影にならず。

日の出後は　林に焦点、カケスかな

　　散歩道の途中で日の出を空撮。その後朝食を済ませて林の道で野鳥やリスを撮影する。木の葉が落ちて野鳥が撮り易くなった。カケスが枝から身を乗り出して実のようなものを嘴で挟む。ヒヨドリは鳴き声を立てている。カラスが青空を飛んで行く。

林道や　雪で筋付き　野鳥撮り

　手紙をポストに投函してから気が向くまま西野西公園まで足を延ばす。探鳥散歩も兼ねていて撮影した野鳥を貼り付けるための空撮パノラマ写真も撮る。野鳥はなかなか姿を現さなかったけれど、それでもアカゲラとシジュウカラを撮る事ができた。

地にカケス　樹上にリスの　日の出かな

　葉も実もすっかり落ちたクルミ並木でドローンを上げて地平線に現れる日の出を狙って撮影する。落ち葉の上に霜が白く見える地上にカケスの群れがやって来る。樹の上ではリスが動き回る。遅く起き出す人間に比べ、自然界の生き物は朝が早い。

曇り空　天使の梯子　シマエナガ

　曇りの朝で雲間から朝日が漏れて天使の梯子が見えている。クルミ並木のところで空撮。今朝は珍しくシマエナガを見かけて撮る。いつものようにリスがクルミの木の周囲でクルミの実を探している。餌箱が復活でヤマガラが来て餌を咥えている。

一瞬の　ハシブトガラ撮り　今朝鳥果

　天気予報は午前中晴れマークが並ぶ。しかし、かなり厚い雲が空を覆う曇り空の朝で、空撮を行うと天使の梯子が写る。今朝の鳥果はハシブトガラである。一瞬現れたところを撮ることが出来た。ヒヨドリ、スズメ、リスは毎朝現れる常連である。

カラマツや　野鳥と森を　映えて見せ

　11月も後半に入っている。この時季になると残っている黄葉はカラマツで、空撮写真にはカラマツの黄橙色の塊が森に最後の彩りを添えている。カラマツの木にハシブトガラが止まっているのを撮る。ヒヨドリ、スズメ、リスはいつもの朝の顔ぶれだ。

クマゲラに　遭遇したり　雪林

　　森の道で何羽かのクマゲラに出遭う。頭の赤毛
が嘴の付根辺りまであるので雄である。撮影した
写真を並べると同じ個体に見えて区別がつかない。
カラマツの落ち葉の雪面に居るところも撮る。日の
出の空撮写真に異なる姿態の写真を貼り付ける。

2020 年 11 月 19 日

曇り空　会場壁で　写真展

庭で小雨降る中ドローンを飛ばし空撮を行う。
都心部や三角山は雨雲ではっきり写らない。雪は
すっかり解け黒い路面が見えている。今朝撮った
カケス、ヒヨドリ、リスを天空部分に貼り付ける。
これで鼠色の空が写真展会場の壁のようになる。

カラマツの　色取り込みて　カケスかな

　　曇り空で日の出の時刻になっても東の空に陽の光が無い。ドローンを上げて空撮を行うとカラマツの黄橙色が暗い景色を明るくしている。リスの撮影中に地に降りたカケスを撮ると、頭から首にかけての色がカラマツの色を取り込んだようである。

空撮後　登別港　カモを撮る

　JR 虎杖浜駅で降りて駅の撮影を撮影する。撮り終えてから虎杖浜海岸に寄り道し JR 登別駅まで歩く。登別港の外れでドローンを上げて空撮を行う。港の岸壁から海鳥が泳いでいるところを撮る。帰宅して図鑑で調べるとホオジロガモのようである。

リス遭えず　鳥果少なき　雪の朝

　朝雪が降る。この雪でリスはどうしているかクルミ並木のところまで行ってみるがリスには遭えず。ドローンを飛ばして雪景色を空撮する。野鳥もヒヨドリ、スズメ、カラスといったよく見かけるものだけで鳥果が無いといってもよい雪の朝である。

空撮や　階層世界　思い馳せ

　ほんの少し落ちてくる雨粒を気にしながら庭でド
ローンを上げて空撮を行う。庭の餌台にやって来
た野鳥を空撮パノラマ写真に貼り付けるためであ
る。家屋やビルが並ぶ景観の微小世界で野鳥が餌
を啄み、さらに極小世界にコロナウイルスがいる。

今朝のメモ　天使の梯子　スズメかな

　寒くなり道路に雪が残り滑りやすくなると坂のある道には足が向かない。それでも運動だと自分に言い聞かせてリスの写真が撮れる場所まで行ってみる。リスは視界に入ってもよい写真は撮れず。スズメやハロウィン飾りの残骸を空撮写真に貼る。

日の出撮り　アカゲラも撮れ　師走かな

　　新聞の天気予報欄には曇りと雪マークが並んで
いても日の出時刻は晴れた空が広がる。庭で空撮
を行っている間近でドラミング音がする。空撮を
終えて家に入りドイツトウヒの幹にアカゲラが居
て、移動するのを目にする。撮影して鳥果である。

飛び姿　偶然撮れて　カケスかな

　　サクランボ果樹園の近くを探鳥散歩。途中空撮を行う。ハシブトガラがマツボックリのある木で飛び回っている。時にはカラマツの葉で覆われた地面に下り餌を探している。カケスが飛んでいるので追っかけを行う。偶然飛び姿を撮ることができた。

2020 年 12 月 6 日

ハシブトガラ　天空野鳥　主役なり

　　西野市民の森の散策路近くでドローンを上げて
空撮を行う。散策路が雪で縁取られてはっきりと写
る。空撮写真の天空に貼りつける野鳥を探してハシ
ブトガラを見つける。その他の野鳥が見つからな
かったので、この同じハシブトガラの写真を用いる。

見上げ撮る　カメラ重くて　野鳥かな

　朝の散歩で宮丘公園、西野市民の森の散策路まで足を延ばす。途中空撮。アカゲラやゴジュウカラを見上げて撮りカメラを重く感じる。跳んで道を横切るリスを撮り流れ画像になる。散策路の入り口のところに自転車通行禁止の新しい看板を見つける。

今日撮るは　一期一会の　リスと野鳥（とり）

　朝の散歩時にリスとアカゲラを、昼は庭でシジュ
ウカラを撮る。ついでに庭でドローンを上げ空撮を
行う。空撮パノラマ写真に今日撮ったリスと野鳥を
貼り付ける。多分リスも野鳥も今日撮ったものが最
初で最後の出会いと思われ、一期一会撮である。

2020 年 12 月 13 日

燃える朝　庭に咲きたり　氷花

　久しぶりに見事な朝焼け空で、庭でドローンを上げて空撮を行う。気温はかなり下がっていて庭のシモバシラにもきれいな氷花が咲いている。白く化粧したような葉や花後の実も写真の被写体になる。散歩道で撮ったアカゲラを朝焼け空に加える。

2020 年 12 月 14 日

予知するか　天気の変化　飛ぶ野鳥

　朝焼けがほとんど見られなかったけれど庭で日の出の空撮を行う。庭でシジュウカラ、ヤマガラ、スズメ等が盛んに飛び交う。天気も激しく変わり、短時間に吹雪になったかと思うと晴れ間が出る。天気予報ではこれから雪で、さて予報が当たるか。

2020 年 12 月 16 日

日の出景　飛ぶヒヨドリが　動き生み

　　朝食後庭で日の出を狙って空撮。10cm にも達しない積雪で街が覆われている。雪景色に野鳥を組み合わせようと、庭に野鳥が現れるのを待つ。野鳥が姿を見せないので近くの林まで歩いて行きヒヨドリを見つける。ヒヨドリが飛ぶ姿が偶然に写せた。

最南の　冬至の日の出　空で撮る

　冬至の日の出を撮る。陽は三角山の裾辺りから顔を出す。時刻は 7 時 10 分でこれからは日の出時刻が早まっていく。空撮写真と組み合わせる野鳥を探しても電線に止まるハトや大空を飛ぶカラスぐらい。ナナカマドと氷が成長している流れを撮る。

見上げれば　今日の野鳥いて　シジュウカラ

　　新聞の天気予報欄は晴れマークでも日の出時刻
から曇り空で、時折陽が出る。雲間からの日の光で
天使の梯子が見える。気温は高く、積雪も余り無
く楽な散歩。公園と果樹園の境辺りで空撮を行う。
ついでに野鳥を探しシジュウカラを見つけて撮る。

2020 年 12 月 24 日

聖夜日に　リスと野鳥に　出遭いたり

　クリスマスイヴといってもキリスト教徒でないので特別の日でもない。いつものようにドローンをザックに入れて散歩していると雑木林でリスを見つける。リスの撮影後ドローンを飛ばし空撮。帰り道同じところで野鳥に遭う。カワラヒワのようだ。

降誕日　晴れ雪晴れと　目まぐるし

　　日の出時刻には晴れていたのに午前中は雪とな
る。日の出の空撮写真にアンテナに止まったカラス
を撮る。カラスの体が黒い壁紙のようになり降る雪
が白く写る。昼頃には天気は回復で、オンコや夏
椿に積もった雪を撮り空撮写真に貼り付ける。

2020 年 12 月 28 日

曇り空　群れる野鳥や　同定難

　陽の差さない曇り空の朝。積雪はそれほどでも
ないので長靴でいつもの雪道を歩く。道の途中でド
ローンを上げて空撮を行う。空撮の場所の林で野
鳥の群れを見つける。遠くて鮮明な写真が撮れず
野鳥の同定に自信が持てない。ヒワの仲間らしい。

明日からは　荒れる天気か　日の出撮る

　日の出を庭で空撮する。明日から天気は荒れ、大雪の予報が出されているのが信じられないくらいである。積雪の少ない林道を歩く。途中シジュウカラ、ヤマガラ、アカゲラ等を撮影して日の出の空撮写真に貼り込む。天空の野鳥の爪句集を考える。

2020 年 12 月 30 日

長靴で　散歩最後か　大雪予報（ゆき）

　　今日から大雪の予報が出ているので身構えて起き
る。朝のうちは曇り空でも雪は降っていない。大雪
になれば裏山に気軽に歩いて行けないので、今のう
ちにと長靴で散歩。果樹園で空撮を行う。帰り道、
餌台の設置場所でシジュウカラやヤマガラを撮る。

大晦日　天空の野鳥（とり）　数えたり

　朝食後いつもの道を探鳥散歩。お馴染みのシジュウカラ、ヤマガラ、アカゲラ、ヒヨドリを撮る。散歩から帰って自宅庭でドローンを上げて空撮写真を撮り、今日撮影の野鳥を貼り付ける。爪句集にするのに十分な数の野鳥写真が撮れたか確認する。

あとがき

　空撮パノラマ写真を撮影し、空撮を行った日に野鳥や地上の花を別撮りし、これをパノラマ写真の天空部分に貼り付ける作業を、2020年から2021年にかけて毎日のように続けてきている。その成果が作品集の形に整って、本爪句集に結実している。常時、空からの景観や野山の花鳥を気にしていたら、地上では足掛け2年間にわたるコロナ禍で、生活が様変わりしてきている。当然ながら本爪句集の出版にも影響が及んでいる。

　これまでは爪句集の原稿は手渡しで、校正打ち合わせ等は印刷会社のアイワードに出向いて行っていた。それが著者の提案で、オンラインで行うようになってきている。人との接触を避け、オンラインで仕事を行おうとする社会全体の変化が、オンラインでの出版作業を可能にしてきている。

　外出は空撮写真撮影とか、探鳥撮影とか人の居ないところに出向くだけで、街の中に出掛ける事

はほとんどなくなった。そのような状況で、札幌市西区が企画したSDGs（持続可能な開発目標）啓発の写真コンテストに応募して入賞した。その作品展が地下歩行空間の「チカホ」で行われたので久しぶりに都心部に出掛け、西区市民の森で撮影し、入賞したエゾライチョウの展示写真をパノラマ写真に撮ってきた。そのパノラマ写真に写る人々は全員マスク姿である。マスク姿はコロナ禍の生活では見慣れて気にも留めないけれど、写真に撮ってみると、やはり異常といえば異常な光景である。

　生活する上で、ネットに依存する部分が大きくなった事は爪句集の資金集めや頒布にも影響している。例えば、爪句集の出版を、クラウドファンディング（CF）を利用して行うようになってきている。人と会う機会が極端に減り、口頭で爪句集の購入を頼むことが無くなっている状況である。そこで出版予定の爪句集をリターン（返礼品）にしたCFは、ある意味コロナ禍に対応した出版と出版本の頒布方法かと思っている。CFの支援

者はごく少数であるけれど、本爪句集出版に支援された方々はこの「あとがき」の最後にお名前を記してお礼申し上げる。

　本爪句集の作業ではパソコンやネットワークのトラブルに対応する必要があり、この点北海道科学大学の三橋龍一教授にはお世話になっている。また空撮のためのドローン飛行についての助言も同教授から頂いている。空撮パノラマ写真処理では㈱福本工業の山本修知氏から支援と助言を頂いている。ここに両氏にお礼申し上げる。

　出版ではいつものように㈱アイワードにお世話になっており、同社の関係者にお礼申し上げる。爪句集の作品を創りだすのに際して、妻の協力が不可欠なのは、爪句集出版に際していつもの通りで、最後に妻への感謝を記しておきたい。

クラウドファンディング支援者のお名前
（敬称略、寄付順、2021 年 3 月 31 日現在）

eSRU、三橋龍一、相澤直子、芳賀和輝、順子、無名会、山本修知、ka、佐藤征紀

（2021・3・26撮影）

コロナ禍や　マスク行き交い　写真展

著者：青木曲直（本名由直）（1941 ～）

北海道大学名誉教授、工学博士。1966 年北大大学院修士修了、北大講師、助教授、教授を経て 2005 年定年退職。e シルクロード研究工房・房主（ほうず）、私的勉強会「e シルクロード大学」を主宰。2015 年より北海道科学大学客員教授。2017 年ドローン検定 1 級取得。北大退職後の著作として「札幌秘境 100 選」（マップショップ、2006）、「小樽・石狩秘境 100 選」（共同文化社、2007）、「江別・北広島秘境 100 選」（同、2008）、「爪句＠札幌＆近郊百景 series1」～「爪句＠今日の一枚― 2020 series46」（共同文化社、2008 ～ 2020）、「札幌の秘境」（北海道新聞社、2009）、「風景印でめぐる札幌の秘境」（北海道新聞社、2009）、「さっぽろ花散歩」（北海道新聞社、2010）。北海道新聞文化賞（2000）、北海道文化賞（2001）、北海道科学技術賞（2003）、経済産業大臣表彰（2004）、札幌市産業経済功労者表彰（2007）、北海道功労賞（2013）。

≪共同文化社　既刊≫

9 爪句@北海道の駅−道央冬編
P224 (2010−12)
定価 476 円＋税
10 爪句@マクロ撮影花世界
P220 (2011−3)
定価 476 円＋税

11 爪句@木のある風景−札幌編
216P (2011−6)
定価 476 円＋税
12 爪句@今朝の一枚
224P (2011−9)
定価 476 円＋税

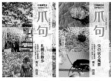

13 爪句@札幌花散歩
216P (2011−10)
定価 476 円＋税
14 爪句@虫の居る風景
216P (2012−1)
定価 476 円＋税

15 爪句@今朝の一枚②
232P (2012−3)
定価 476 円＋税
16 爪句@パノラマ写真の世界−札幌の冬
216P (2012−5)
定価 476 円＋税

25　爪句@北海道の駅
　　　－根室本線・釧網本線
豆本　100×74㎜　224P
オールカラー
（青木曲直 著　2015－7）
定価476円＋税

26　爪句@宮丘公園・
　　　中の川物語り
豆本　100×74㎜　248P
オールカラー
（青木曲直 著　2015－11）
定価476円＋税

27　爪句@北海道の駅
　　　－石北本線・宗谷本線
豆本　100×74㎜　248P
オールカラー
（青木曲直 著　2016－2）
定価476円＋税

28　爪句@今日の一枚
　　　－2015
豆本　100×74㎜　248P
オールカラー
（青木曲直 著　2016－4）
定価476円＋税

29　爪句@北海道の駅
　　—函館本線・留萌本線・富良野線・石勝線・札沼線
豆本　100×74㎜　240P
オールカラー
〈青木曲直 著　2016-9〉
定価476円+税

30　爪句@札幌の行事
豆本　100×74㎜　224P
オールカラー
〈青木曲直 著　2017-1〉
定価476円+税

31　爪句@今日の一枚
　　—2016
豆本　100×74㎜　224P
オールカラー
〈青木曲直 著　2017-3〉
定価476円+税

32　爪句@日替わり野鳥
豆本　100×74㎜　224P
オールカラー
〈青木曲直 著　2017-5〉
定価476円+税

33 爪句@北科大物語り
豆本　100×74㎜　224P
オールカラー
（青木曲直 編著　2017-10）
定価476円+税

34 爪句@彫刻のある風景
　　　－札幌編
豆本　100×74㎜　232P
オールカラー
（青木曲直 著　2018-2）
定価476円+税

35 爪句@今日の一枚
　　　－2017
豆本　100×74㎜　224P
オールカラー
（青木曲直 著　2018-3）
定価476円+税

36 爪句@マンホールの
　　　ある風景 上
豆本　100×74㎜　232P
オールカラー
（青木曲直 著　2018-7）
定価476円+税

37 爪句@暦の記憶
豆本　100 × 74㎜　232P
オールカラー
（青木曲直 著　2018-10）
定価476円＋税

38 爪句@クイズ・ツーリズム
豆本　100 × 74㎜　232P
オールカラー
（青木曲直 著　2019-2）
定価476円＋税

北海道豆本
series39

爪句
@今日の一枚
—2018

北海道大学名誉教授
北海道科学大学客員教授　青木　曲直

39　爪句@今日の一枚
—2018

豆本　100×74㎜　232P
オールカラー
（青木曲直 著　2019-3）
定価476円＋税

北海道豆本
series40

爪句

@クイズ・ツーリズム
— 鉄道編

北海道大学名誉教授
北海道科学大学客員教授　青木　曲直

40　爪句@クイズ・ツーリズム
　　　—鉄道編
豆本　100 × 74㎜　232P
オールカラー
（青木曲直 著　2019−8）
定価476円＋税

北海道豆本 series41

爪句

TSUME-KU

@天空物語り

北海道大学名誉教授
北海道科学大学客員教授　青木 曲直

41　爪句@天空物語り
豆本　100 × 74㎜　232P
オールカラー
（青木曲直 著　2019−12）
定価 455 円＋税

北海道豆本 series42

爪句
TSUME-KU

@今日の一枚
―2019

北海道大学名誉教授
北海道科学大学客員教授　青木 曲直

42　爪句@今日の一枚
　―2019

豆本　100 × 74mm　232P
オールカラー
（青木曲直 著　2020−2）
定価455円+税

北海道豆本 series43

爪句
TSUME-KU

@365日の鳥果

北海道大学名誉教授
北海道科学大学客員教授　青木　曲直

43　爪句@365日の鳥果
豆本　100×74㎜　232P
オールカラー
（青木曲直 著　2020-6）
定価455円＋税

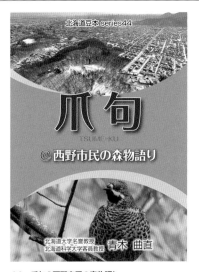

北海道豆本 series44

爪句

TSUME-KU

＠西野市民の森物語り

北海道大学名誉教授
北海道科学大学客員教授　青木　曲直

44　爪句＠西野市民の森物語り
豆本　100×74mm　232P
オールカラー
（青木曲直 著　2020-8）
定価455円＋税

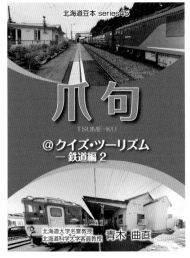

北海道豆本 series45

爪句
TSUME-KU

@クイズ・ツーリズム
― 鉄道編2

北海道大学名誉教授
北海道科学大学客員教授　青木 曲直

45　爪句@クイズ・ツーリズム
　　　―鉄道編2

豆本　100 × 74㎜　232P
オールカラー
(青木曲直 著　2020-11)
定価455円＋税

北海道豆本 series46

爪句
TSUME-KU

@今日の一枚
— 2020

北海道大学名誉教授
北海道科学大学客員教授　青木　曲直

46　爪句@今日の一枚
　— 2020

豆本　100 × 74mm　232P
オールカラー
（青木曲直 著　2021-3）
定価500円（本体455円＋税10%）

北海道豆本　series47

爪句@天空の花と鳥

都市秘境100選ブログ　http://hikyou.sakura.ne.jp/v2/

2021年5月10日　初版発行

著　者　青木曲直（本名　由直）
　　　　aoki@esilk.org

企画・編集　eSRU 出版

発　行　共同文化社　〒060-0033　札幌市中央区北3条東5丁目
　　　　　　TEL 011-251-8078　FAX 011-232-8228
　　　　　　http://kyodo-bunkasha.net/

印　刷　株式会社アイワード

定　価　500円［本体455円＋税10%］